난 할 수 있어!

SEOUL, 2008

난 할 수 있어!

초판 제1쇄 발행일 2008년 2월 25일
초판 제41쇄 발행일 2022년 3월 20일
글·그림 미셸 에드워즈 옮김 장미란
발행인 박헌용, 윤호권 발행처 (주)시공사
주소 서울시 성동구 상원1길 22, 6-8층 (우편번호 04779)
대표전화 02-3486-6877 팩스(주문) 02-585-1247
홈페이지 www.sigongsa.com/www.sigongjunior.com

The Talent Show: A Jackson Friends Book
Copyright ⓒ 2002 by Michelle Edwards
All rights reserved.
Korean translation copyright ⓒ 2008 by Sigongsa Co., Ltd.
This Korean edition was published by arrangement with Harcourt, Inc.
through Shin Won Agency Co.

이 책의 한국어판 저작권은 Shin Won Agency를 통해
Harcourt, Inc.와 독점 계약한 (주)시공사에 있습니다. 저작권법에 의해
한국 내에서 보호받는 저작물이므로 무단 전재와 무단 복제를 금합니다.

ISBN 978-89-527-8670-8 74840
ISBN 978-89-527-5579-7 (세트)

*시공사는 시공간을 넘는 무한한 콘텐츠 세상을 만듭니다.
*시공사는 더 나은 내일을 함께 만들 여러분의 소중한 의견을 기다립니다.
*잘못 만들어진 책은 구입하신 곳에서 바꾸어 드립니다.

KC마크는 이 제품이 공통안전기준에 적합하였음을 의미합니다.
제조국 : 대한민국   사용 연령 : 8세 이상
책장에 손이 베이지 않게, 모서리에 다치지 않게 주의하세요.

난 할 수 있어!

미셸 에드워즈 글·그림 | 장미란 옮김

시공주니어

차례

하위 9

수학 17

예행연습 23

목소리가 안 나와 29

집으로 가는 길 35

난 할 수 있어! 41

나를 위한 드레스 47

학예회에서 53

작가의 말 60

이 책에 나오는 친구들 62

옮긴이의 말 64

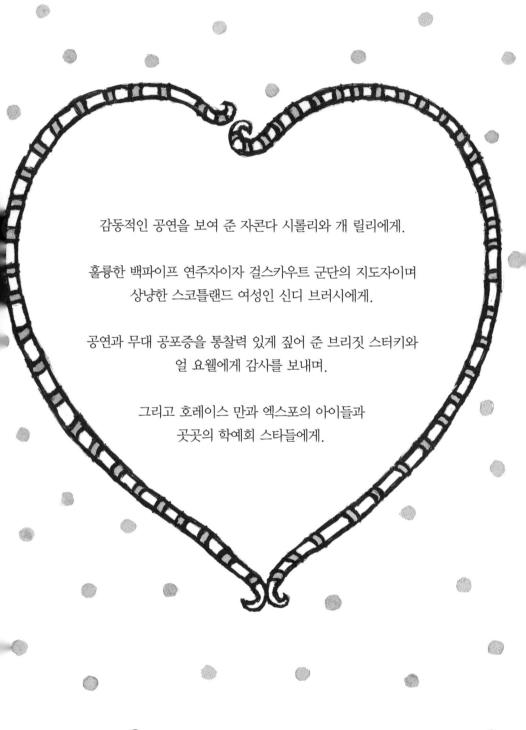

감동적인 공연을 보여 준 자콘다 시롤리와 개 릴리에게.

훌륭한 백파이프 연주자이자 걸스카우트 군단의 지도자이며
상냥한 스코틀랜드 여성인 신디 브러시에게.

공연과 무대 공포증을 통찰력 있게 짚어 준 브리짓 스터키와
얼 요웰에게 감사를 보내며.

그리고 호레이스 만과 엑스포의 아이들과
곳곳의 학예회 스타들에게.

하위

하위디나 제럴디나 폴리나 맥시나 가디니어 스미스(하위의 이름 : 옮긴이)는 침대에서 벌떡 일어났어요. 오늘은 기다리고 기다리던 날이에요. 바로 잭슨 마그넷 초등학교에서 학예회가 열리는 날이지요. 하위도 학예회에 나가게 되었어요. 하위의 단짝 친구 파 리아 방과 캘리오프 스미스도 나오고요.

하위는 이를 하얗게 해 주는 치약을 듬뿍 짜서

이를 꼼꼼히 닦았어요. 그러고는 거울을 보고 활짝 웃어 보았어요. 반짝반짝 눈이 부시네요.

하위는 머리에 나비 핀을 꽂았어요. 그리고 나비 핀을 다른 쪽에 하나 더 꽂았어요.

오늘 아침 하위는 전교생을 앞에 두고 학예회 예행연습 무대에서 노래를 부를 거예요. 그렇게 마지막 연습을 하고 저녁에 열리는 학예회에 나갈 거예요. 공연이 끝나면 맛있는 음식이 넘쳐 나는 큰 파티가 열린답니다. 캘리오프네 엄마는 초콜릿 과자를 굽기로 했어요. 파 리아네 할머니는 춘권(밀가루나 쌀가루를 전병처럼 만들어 여러 가지 재료를 넣고 튀긴 중국 전통 음식 : 옮긴이)을 만들기로 했고요. 하위네 할머니는 하위가 가장 좋아하는 고구마 파이를 가져오기로 했어요.

하위는 신발을 신었어요. 그러고는 허리를 숙여 인사를 했어요. 하위는 연습할 때도 늘 인사를 잊지 않았어요. 깜박하는 아이들도 있지만, 하위는 절대로 잊어버리지 않았답니다.

키스 선생님은 이렇게 말하곤 했어요.

"인사하면서 관객
들에게 '감사합니다.'라고
말해야 합니다."

키스 선생님은 학예회 준비를 맡고 있어요.

오늘 밤에 첫 공연이 열리는데, 그게 진짜 학예
회라고 할 수 있어요. 오늘 밤 하위는 온 동네 사람
들 앞에서 노래를 부를 거예요. 온 도시를 위해서,
온 세상을 위해서 노래할 거예요. 게다가 오늘 밤
에릭 하이타워네 엄마가 텔레비전 뉴스 팀과 함께
온다고 했어요.

하위네 할머니는 하위가 입을 드레스를 거의 다

만들었어요. 반짝이들이 많이 달린 특별한 드레스
예요. 오늘 밤 하위는 그 드레스를 입을 거예요. 어
젯밤 고모는 하위의 손톱에 색깔을 칠해 주었어요.
지금 하위의 손톱은 은은하게 반짝이는 연한 분홍
빛이에요.

하위는 제 손톱을 보고 감탄했어요.

'와, 예쁘다. 오늘 나는 아주

근사해 보일 거야.'

텔레비전의 저녁 뉴스에

하워디나 제럴디나 폴리나 맥시나 가디니어 스미스가 나올 거예요.

하위는 마치 텔레비전에 나온 듯이 마음속으로 인사를 했어요.

'텔레비전으로 저를 봐 주시는 시청자 여러분 감사합니다.'

그때 할머니가 소리쳤어요.

"하워디나 제럴디나 폴리나 맥시나 가디니어 스미스 양, 당장 내려오지 않으면 학교 버스를 놓친다!"

"하위라고 불러 주세요."

하위는 이렇게 말하고는 우아하게 계단을 내려갔어요. '텔레비전 스타는 이름이 길면 안 돼.'라고 생각하면서요.

수학

"25분만 있으면 시작이다."

캘리오프가 말했어요.

하위는 속이 확 뜨거워졌어요. 25분만 있으면 전교생 앞에서 무대에 서게 될 거예요. 노래를 부르면서요.

파 리아가 물었어요.

"준비됐니?"

하위가 대답했어요.

"난 몇 주 전부터 준비돼 있었어. 너무 흥분돼. 차라리 빨리 시작했으면 좋겠어."

"나도 그래."

캘리오프도 맞장구쳤어요. 캘리오프는 자기 개랑 음악에 맞추어 묘기를 부리기로 했어요.

파 리아가 말했어요.

"난 좀 떨리는데."

파 리아는 타치를 연주하기로 했어요. 타치는 코코넛 열매로 만든 두 줄짜리 악기예요.

하위는 이상하다고 생각했어요.

'떨릴 게 뭐가 있을까?'

페너시 선생님이 알렸어요.

"수학 시간이다."

하위는 자리에서 꼼지락거렸어요. 학예회가 곧 열리는데 수학 공부나 하다니 말도 안 되는 것 같았어요.

2학년 모두의 적 개구쟁이 스턴이 물었어요.

"선생님, 학예회에 나가는 아이들은 어떡해요?"

"저희도 오늘 수학 공부를 해야 하나요?"

"그럼. 문제를 다 풀면 종이를 내 책상에 놓고 조용히 나가렴. 나머지 사람들은 금방 따라갈 테니까."

선생님이 말했어요. 그러고는 칠판 가득 문제를 적었어요.

하위는 문제들을 베껴 적었어요. 그러고는 연필을 뱅글뱅글 돌렸어요. 숫자들이 종이 위에서 춤추고 있었어요.

'이럴 때 수학 문제를 풀 수 있는 사람이 누가 있을까?'

캘리오프가 하위를 콕 찔렀어요.

"난 끝났어. 문가에서 만나."

파 리아가 하위의 어깨를 톡톡 쳤어요.

"가자. 캘리오프가 기다려."

하위는 얼른 숫자 몇 개를 쓱쓱 적어 내려갔어요. 맞는 답이기를 바랄 뿐이었지요.

페너시 선생님이 말했어요.

"행운을 빈다."

하위는 선생님을 보고 활짝 웃어 주었어요.

학예회가 코앞으로 다가왔어요.

예행연습

전교생이 체육관에 모였어요. 다들 바닥에 앉았어요. 학예회 준비를 거드는 부모님들은 의자에 앉았고요. 공연하는 사람은 무대 왼쪽에 앉았지요.

하위는 할머니를 보았어요. 할머니는 하얀 물방울무늬가 큼직하게 찍힌 빨간 옷을 입었어요. 가슴에는 장미꽃을 달았고요. 하위가 손을 흔들었어요. 할머니도 미소를 지었어요.

스콧 교장 선생님

스콧 교장 선생님이 학예회에 온 것을 환영한다고 인사했어요.

하위는 소리 내지 않고 발을 까닥거렸어요. 곧이어 교가를 부를 때가 되었어요. 하위는 한껏 목청 높여 노래를 불렀어요.

드디어 학예회가 시작되었어요. 유치반 아이들이 가장 먼저 공연했어요. 캐서린 로젠바움은 '반짝반짝 작은 별'을 불렀어요. 모하메드 파커는 바이올린을 켰고요.

'끽끽거리긴 하지만 소리가 귀엽네.'

하위는 옷자락의 주름을 삭삭 폈어요.

다음에는 1학년 여자 아이 둘이 지휘봉을 휘둘렀어요. 브리짓 토마스는

24

탭댄스를 추고, 사브리나 스테인은 시를 외웠어요.
사브리나는 시를 외우는 내내 활짝 웃었어요. 하지
만 목소리가 너무 작아서 아무한테도 들리지 않았
지요.

하위는 다짐했어요.

'나도 웃을 거지만 노래할 때는
안 웃을 거야. 사람들한테 내
노래를 제대로 들려주어야
하니까.'

다음은 개구쟁이 스턴이
엄마와 함께 나왔어요. 엄
마와 아들은 커다란 백파이
프를 불었어요. 둘 다 치마
를 입고 무릎까지 오는 양말
을 신었어요. 꼭 쌍둥이 같
았지요.

하위는 입술에 립글로스를 살짝 발랐어요. 개구
쟁이 스턴은 좋아하지 않았지만 백파이프 소리는
좋았어요. 백파이프 소리가 온 체육관에 넘쳐흘렀
어요.

개구쟁이 스턴과 엄마는 연주가 끝나자 관객들
에게 인사했어요. 다들 박수를 쳤어요. 몇몇 아이
들은 "우우." 하고 야유를 보냈어요. 그러자 스턴
은 아이들한테 혀를 쏙 내밀었지요.

키스 선생님이 하위에게 손짓을 했어요. 이제 하
위 차례예요.

목소리가 안 나와

하위는 무대로 걸어 나갔어요. 누군가의 아기 동생이 울기 시작했어요. "쉿! 쉿!" 하는 소리가 나더니 조용해졌어요. 사방이 쥐 죽은 듯 조용했어요.

하위는 전교생을 바라보았어요. 수많은 얼굴들이 하위와 마주 보고 있었어요. 그리고 기다렸지요.

키스 선생님이 하위가 부를 '소박한 선물들'의 노래 반주를 시작했어요.

가슴이 하도 요란하게 쿵
쿵 뛰는 바람에 하위는 반주
소리가 잘 들리지 않았어요.
가슴이 뻐근했어요. 귀가 윙
윙 울리고 개구쟁이 스턴이 비웃
는 소리가 들리는 것 같았어요.
　하위는 입을 벌렸지만 노래
가 나오지 않았어요.
　목소리가 나오지 않았어요.
불빛이 눈을 아프게 찔렀어요.
신발 속에서 발이 미끄덩거렸
어요.
　하위는 손가락 하나 까딱할 수
없었어요.
　페너시 선생님이 나왔어요. 선생님은 하위의 등
을 쓸어 주며 달랬어요.

"괜찮아, 하위. 그냥 노래하렴."

하지만 하위는 노래할 수 없었어요.

페너시 선생님이 타니에샤 야월한테 뭐라고 말했어요. 타니에샤는 큰언니 행세하는 6학년인데 가끔 하위를 돌보아 주었어요. 타니에샤 언니가 재빨리 무대로 나오더니 하위를 쿡 찔렀어요.

"어서 해 봐, 노래해 봐."

하지만 하위는 노래가 나오지 않았어요.

페너시 선생님이 파 리아와 캘리오프 한테 고개를 끄덕였어요. 두 아이는 서둘러 하위한테 달려와 손을 잡아 주었어요.

"하위, 우리가 옆에 있어. 네 곁에 있어 줄게. 노래해 봐."

하지만 하위는 여전히 노래를 할 수가 없었어요. 숨도 못 쉴 것 같았어요.

어느새 하위의 할머니도 다가왔어요. 할머니는
하위를 꼭 안아 주었어요. 할머니 품에 안기니 베
개처럼 폭신하고 할머니의 사랑이 가슴에 스며드
는 것 같았어요.

할머니가 말했어요.

"집에 가자꾸나."

집으로 가는 길

하위는 집으로 오는 동안 아무 말도 하지 않았어요. 몸은 차갑게 얼어 있었지요. 아까 하위와 할머니는 외투도 챙겨 입지 않고 무대에서 바로 내려와 밖으로 나왔어요.

자동차 안은 따뜻했어요. 히터가 웅웅거리며 돌아갔어요. 창문에 김이 서렸어요. 하지만 하위는 여전히 얼어붙어 있었지요.

할머니는 콧노래를 부르며 차를 몰았어요.

하위는 뭔가 말하고 싶었지만 말이 나오지 않았어요. 말문이 콱 막힌 것 같았어요. 하위는 손을 싹싹 비볐어요.

'학예회는 내가 생각했던 거랑 달랐어.'

하위는 눈을 감았어요. 그러고는 무대에 서 있던 모습을 떠올리려고 애썼어요. 무엇 때문에 그렇게 겁이 났는지 떠올리려고 했어요. 하지만 아무 생각도 나지 않았어요.

타니에샤 언니와 페너시 선생님이 말을 걸었던

게 생각났어요.

'그런데 뭐라고 했더라?'

단짝 친구들인 파 리아와 캘리오프가 손을 잡아 준 일도 생각났어요. 셋은 학예회에 함께 나가기로 했었지요. 2학년 1반에서 스타가 세 명 나오도록 말이에요.

이제 하위는 파 리아가 연주하는 음악을 듣지 못해요. 캘리오프가 자기 개랑 묘기를 부리는 모습도 보지 못하게 되었어요. 학예회 끝나고 열리는 파티에도 못 가고, 고구마 파이도 못 먹어요. 단짝 친구들과 나란히 스타가 되지도 못하고요.

하위는 다리를 움찔거렸어요. 개구쟁이 스턴의

얼굴이 떠올랐어요. 스턴은 이 일을 두고 평생 놀려 댈 거예요. 하위가 할머니처럼 나이가 들고 머리가 희끗희끗해져도 개구쟁이 스턴은 하위의 손자 손녀들에게 하위가 어떤 실수를 했는지 떠들어 댈 거예요. 하위가 노래를 부르지 못한 것도, 학예회 날 할머니가 하위를 집으로 데려와야 했던 일도요.

그리고 오늘 밤 공연은 어떻게 하지요? 반짝이는 드레스는 어떻게 하고요? 텔레비전 뉴스 팀의 카메라와 조명들과 방송국 사람들은요? 하위는 발가락을 오므렸어요. 꽁꽁 언 손을 호호 불었어요.

자동차가 멈추었어요. 할머니가 내려서 문을 열어 주었어요. 그러고는 하위를 꼭 안아 주었지요.

드디어 집에 왔어요.

난 할 수 있어!

이제 집이에요. 하위는 숨을 깊이 내쉬었어요.
집 안에서 쿠키랑 빵 냄새가 났어요. 고구마 파이
냄새도요. 고구마 파이가 학교에 있다니 너무 속상
했어요. 학예회 파티에 가 있겠지요. 하위는 손톱
을 잘근잘근 물어뜯었어요.

할머니가 말했어요.

"빵이 어떻게 됐는지 보고 오마."

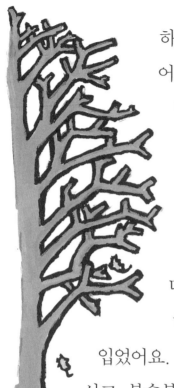

하위는 천천히 뒷문으로 걸어갔
어요. 부엌에서 냄비들이 달그
락거리는 소리가 들려왔어요.

할머니가 만들어 준 드레
스가 식당에 걸려 있었어
요. 하위가 학예회 때 입을
드레스였지요. 하지만 이제
다 끝나 버렸어요.

하위는 아빠의 낡은 웃옷을
입었어요. 할머니의 따뜻한 털 장화를
신고, 복슬복슬한 장갑도 끼었어요.

하위는 뒤뜰로 나갔어요. 어느새 눈이
내리기 시작했어요. 하위는 참나무 두 그루
사이에 섰어요. 할머니가 부엌 창문으로
하위를 보고 있었어요.

하위는 들릴락 말락 하게 말했어요.

"내 이름은 하위디나 제럴디나 폴리나 맥시나 가디니어 스미스예요."

자기 목소리를 다시 들으니 기뻤어요.

하위는 노래하기 시작했어요.

"소박한 것은 선물이오.
자유로운 것은 선물이오."

하위는 학예회에서 노래하려던 그대로 노래했어요. 목소리는 크고 힘찼어요. 감정을 풍부하게 표현하고, 손짓을 하기도 했어요. 그러고는 잊지 않고 허리 숙여 인사를 했지요.

할머니가 소리쳤어요.

"훌륭하구나!"

하위가 뒷문을 쳐다보았어요.

할머니가 박수를 치고 있었어요.

하위는 다시 인사를 했어요.

다람쥐 한 마리가 앞에서 쪼르르 달려갔어요.

하위는 다람쥐에게 인사했어요.

까마귀가 울타리 위에서 까악까악 울었어요.

하위는 까마귀에게 인사했어요.

기분이 좋았어요. 너무나 뿌듯했어요.

하위는 뒤뜰의 스타였어요.

나를 위한 드레스

하위는 파이를 다 먹었어요. 고구마 파이였어요. 집 안에 들어와 보니 탁자 위에 고구마 파이가 기다리고 있었어요.

할머니가 말했어요.

"식구들이 먹을 몫은 늘 따로 해 놓는단다."

하위는 할머니한테 입을 쪽 맞추었어요. 할머니는 학예회 이야기는 한마디도 꺼내지 않았어요. 하

47

위한테 어찌 된 일인지 묻지도 않았어요. 심지어
오늘 밤 공연은 어떻게 할 거냐고
묻지도 않았어요.

하위는 식당 벽에 걸린
반짝이는 드레스를 건너다
보았어요.

하위가 물었어요.
"지금 입어 봐도
돼요?"

할머니는 웃음을
지었어요.

하위는 드레스를 자
기 방으로 가져왔어요.
드레스에서 바닐라와 계피
와 빵 냄새가 났어요. 마치 할머니
처럼요.

드레스는 하위한테 딱 맞았어요. 그 옷은 스타의
드레스였어요. 오늘 밤을 위한,
첫날 밤 공연을 위한 드레스.

하위는 원숭이 인형을 집어
들고 침대로 기어 들어갔어요.
이불 속은 아늑했어요. 포근하고
편안했지요.

하위는 오늘 밤 공연을 어떻게 할지 생각해야 했
어요. 할머니가 나서서 하위더러 가라고 하진 않을
거예요. 하위 스스로 결정을 내려야만 했어요.

오늘 밤 하위는 텔레비전 카메라와 수많은 사람
들이 지켜보는 가운데 노래를 할 수 있을까요? 뒤
뜰에서처럼 노래를 할 수 있을까요?

하위는 작은 원숭이 인형을 꼭 안았어요. 그러고
는 침대에서 나와 머리에 반짝이는 핀을 꽂았어요.

'난 할 수 있어.'

하위는 금빛 구슬 장식이 달린 양말을 신었어요.

'난 할 수 있어.'

하위는 반들거리는 까만 에나멜가죽으로 된 통굽 구두를 신었어요. 키가 훌쩍 커진 기분이었어요. 4학년이나 5학년쯤 된 것 같았지요.

'그래! 난 할 수 있어. 겁이 나면 눈을 감고 우리 집 뒤뜰에서 노래한다고 생각하면 돼. 아니면 할머니랑 같이 부엌에 있다고 생각하면 돼.'

하위는 빙글빙글 돌면서 활짝 웃었어요.

학예회에서

아빠가 하위를 자동차로 학교에 데려다 주었어요. 파 리아와 캘리오프는 이미 와 있었어요. 캘리오프네 개가 하위의 손을 핥았어요.

파 리아는 베트남 부적이 달린 금 목걸이를 하위에게 주며 말했어요.

"행운이 와 줄 거야."

캘리오프는 하위에게 초록색의

질척질척한 것이 가득한 작은 비닐봉지를 주며 말
했어요.

"과학 캠프에 가서 만든 거야. 떨리면 꽉꽉 주물
러 봐."

하위는 생각했어요.

'친구들이란 정말 좋구나.'

"유명한 벙어리 가수 삼총사로군."

개구쟁이 스턴이 놀려
댔어요. 스턴은 치마를 입고
있었어요.

'저 녀석이 뭐라 해도 상관없어.
내가 아무리 잘해도 놀려 댈걸.'

하위는 친구들과 자리에 앉았어요.
강당은 사람들로 가득 찼어요.

텔레비전 뉴스 팀이 카메라와 조
명을 켰어요. 하위는 유치원생

들과 1학년들이 공연하는 모습을 지켜보았어요. 개구쟁이 스턴과 엄마가 쌍둥이처럼 똑같이 차려입고 백파이프를 연주하는 소리에도 귀를 기울였어요.

그다음이 하위 차례였어요.

하위는 무대로 나갔어요. 파 리아네 엄마와 할머니와 아기 남동생이 보였어요. 다들 하위를 보고 웃음 지었어요. 캘리오프네 엄마 아빠도 보였어요. 두 분도 하위를 보고 미소 지었어요. 하위네 아빠와 할머니도 보였어요. 두 분도 하위를 보고 웃었지요. 타니에샤 언니도 보였어요. 타니에샤 언니는 엄지손가락을 치켜들고 입 모양으로 말했어요.

"하위, 어서 시작해!"

키스 선생님이 반주를 시작했어요. 하위는 키스 선생님을 보았어요. 선생님은 하위를 보고 미소를 지었어요.

하위는 모두에게 웃어 보이며 노래하기 시작했어요.

"소박한 것은 선물이오. 자유로운 것은 선물이오……."

하위는 끝까지 노래를 불렀어요. 풍부하게 감정을 실어 불렀어요. 집에서 항상 부르던 대로 말이에요. 그러고는 허리 숙여 인사를 했어요.

'고맙습니다.'

관객들이 모두 박수를 쳤어요.

텔레비전 뉴스 팀은 하위가 노래 부르는 모습을 한순간도 빠뜨리지 않고 찍었어요. 그 사람들도 박수를 쳤어요. 하위는 자기 모습이 저녁 뉴스에 나

오기를 바랐어요.

하워디나 제럴디나 폴리나 맥시나 가디니어 스
미스. 하위는 스타랍니다.

# 작가의 말

하위는 노래하기를 좋아합니다. 하지만 처음으로 혼자 무대에 서자 노래를 부를 수가 없었지요. 손가락 하나 까딱할 수 없고, 숨도 제대로 쉬기 힘들었습니다. 하위는 무대 공포증이 있었던 겁니다.

많은 사람들이 무대 공포증이 있습니다. 스타들도 마찬가지입니다. 그렇다면 잭슨 마그넷 초등학교의 학예회에 나온 다른 아이들은 어땠을까요? 그 아이들도 겁을 먹었을까요?

어떤 아이들은 무대에 나가기 전에 무대 공포증을 겪습니다. 파 리아처럼요. 하지만 파 리아는 공연하기 전에 찾아오는 떨리고 무서운 감정에 익숙합니다. 베트남 전통 축제나 할머니 생일같이 특별한 행사 때 타치라는 악기를 자주 연주하거든요. 파 리아가 무대 공포증을 이기는 방법은 연습이었습니다. 연습을 많이 해서 학예회에서도 곡을 잊어버리지 않았지요.

캘리오프는 떨린다는 생각을 아예 하지 않았습니다. 공연할 때 키우는 개가 바로 곁에 있었으니까요. 사람들도 많고 조명이 환하게 비치기 때문에 개가 겁먹거나 불편해할까 봐 떨릴 겨를도 없었지요.

개구쟁이 스턴은 겁먹거나 떨리더라도 절대로 내색하지 않을 겁니다. 아이들을 놀리거나 발을 걸거나 아이들이 노래하는 동안 가짜 방귀를 뀌어 대겠지요. 그러고는 개구쟁이다운 방식으로 행복해할 거예요. 치마를 입고 무대에 서서 뿌듯해하고, 엄마와 함께 무대에 서서 행복해하겠지요. 체육관을 백파이프 소리로 가득 채우며 행복해하고요.

학예회에 나가면 조금 떨리기도 하겠지만 여러분도 학교나 학원에서 학예회가 열리면 나가 보세요. 시를 읽어도 되고, 노래를 부르거나 춤을 추거나 애완동물과 묘기를 부려도 좋아요. 여러분이 잘할 수 있는 일을 하며 즐거움을 맛보세요. 겁먹지 않으려고 노력하세요. 여러분도 할 수 있답니다!

이 책에 나오는 친구들

❀ 파 리아 방 ❀

나비와 생쥐 그리기를 좋아하고,
옆으로 재주넘는 법을 배우고 있어요.
가장 좋아하는 음식 : 국수

파 리아 방은 잭슨 마그넷 초등학교에 전학
온 베트남 여자 아이예요. 할머니와 베트남 전통
천을 짜며 배운 바느질 솜씨가 으뜸이랍니다.

❖ 캘리오프 터닙시드 제임스 ❖

수학 공부를 좋아하고,
뜨개질을 배우고 있어요.
가장 좋아하는 음식 : 초콜릿 과자

캘리오프는 금발 머리에 주근깨가 얼굴 가
득히 있지요. 처음 보는 친구에게도 다정하
게 말을 거는 상냥한 친구랍니다.

★ 하워디나 제럴디나 폴리나 ★
맥시나 가디니어 스미스

10단 변속 자전거가 있고,
기어를 모두 사용하는 법을 배우고 있어요.
가장 좋아하는 음식 : 고구마 파이

하위는 꼭 안아 주고 싶은 곰 인형처럼 귀여운 친구예요. 예쁘게 꾸미기를 좋아하고, 가수가 되는 것이 꿈이랍니다.

✸ 매튜 '개구쟁이' 스턴 ✸

'해럴드'라는 박제 고슴도치를 키우고,
손을 놓고 자전거를 탈 줄 알아요.
가장 좋아하는 음식 : 카우보이 구운 콩

'2학년 모두의 적'이라고 불리는 스턴은 짓궂은 장난을 참 좋아해요. 하지만 친구가 슬퍼할 때면 즐겁게 달래 주기도 하는 아이랍니다.

옮긴이의 말

하위는 텔레비전에 나오는 연예인이 되고 싶어요. 멋지게 노래하는 모습이 텔레비전에 나온다면 얼마나 좋을까요? 텔레비전에 나오기만 한다면 스타가 되는 일은 식은 죽 먹기지요. 하지만 막상 학예회 무대에 오르자, 하위는 생각지도 못한 일을 겪게 돼요. 목소리가 전혀 나오지 않는 거예요. 여러분도 학예회에 나갔을 때나 교실에서 발표할 때 떨린 적이 많았을 거예요. 그럴 때는 무엇보다 마음을 편하게 가져야 해요. 하위처럼 집에서 노래한다고 생각해도 좋고요.

많은 사람들 앞에서 어떤 일을 할 때는 떨리고 겁이 나는 게 당연합니다. 하지만 연습을 많이 하고, 용기를 내면 괜찮아질 거예요. 자기 나름대로 마음을 편하게 가지는 법도 조금씩 배우게 되고요. 그럼 스스로가 무척 자랑스러워지겠지요?

장미란